你的光

诗集 2001—2016

宋宁刚　著

上海三联书店

图书在版编目（CIP）数据

你的光：诗集：2001-2016 / 宋宁刚著. —上海：
上海三联书店，2017.4
　　ISBN 978-7-5426-5893-7

　　Ⅰ.①你… Ⅱ.①宋… Ⅲ.①诗集—中国—当代
Ⅳ.①I227

　　中国版本图书馆CIP数据核字（2017）第070689号

你的光　诗集 2001—2016

著　　者 / 宋宁刚

责任编辑 / 陈启甸　陆雅敏
特约编辑 / 长　岛
装帧设计 / 长　岛

出版发行 / 上海三联书店
　　　　　（201199）中国上海市都市路4855号2座10楼
邮购电话 / 021-22895557
印　　刷 / 无锡市长江商务印刷有限公司

版　　次 / 2017年4月第1版
印　　次 / 2017年4月第1次印刷
开　　本 / 880×1230毫米　1/32
字　　数 / 160千字
印　　张 / 6.5

书　　号 / ISBN 978-7-5426-5893-7 / I·1238
定　　价 / 28.00元

序：猫之春舌

周公度

有一种慢，又有一种迅疾，同时在宁刚的诗中出现。

但他不是在研究速度，而是在分析静何以成为美的构成机制，并努力以最自然的形式体现它。不与谬托圣者的颂诗体为伍，仅与星辰和自身发生关系。再让与乐器分食的抒情体，从言语潜回到内心。回到一个人内心观照的所有细节。

无论是羊行大地，蘑菇生长，长大的花椒树叶，卷曲的葡萄藤蔓，新鲜的瓜菜，还是黎明的猫头鹰，清晨的柔光，雨后的夜晚，夏日的午后，时光在此全部耸起了细腻的波纹。

那是图书馆里的静。

在福楼拜的书信中，本雅明的传记中，普鲁斯特的奶油蛋糕中，勃拉姆斯的甜梦中，在赛比勒·伯格曼的光影之间，伍尔夫的果园里与普里什文的星辰俯视的原野中。

但不是用学者的语言，梦的语言，描述梦境与诗，而是用日常的场景、微妙的心动瞬间，体现诗。

以僧人的步履。

而字里行间是特朗斯特罗姆的火焰。间杂着一小块的冰，荷尔德林的焦灼。

素朴的美无处不在。

傍晚的乡村公路。枕上的蜂蜜味道。

新家具的气味。白茫茫的雪地。母亲从乡下掰来的嫩玉米。夜色中的草滩和树木。夜晚的火车。头顶的雪。窗外的背影。门下的光隙。醒来的蜗牛。河床上的白茅。清寂的暮晚。地图上的马群。枝头的喜鹊。阳台上的牵牛花。夏虫藏迹的草丛。

赞美黄昏，也倾心于驴的耳朵，专注地拱雪的猪。

以及她与胡萝卜泥。熟睡如细叶的妻子。

有时也尝试如何在暴雨中看到闪电照耀下的湿漉漉的树枝与花萼。

在远处的戈壁与群山之间，在夜色弥漫的深秋原野之上，侧耳倾听万里之外的风涛来到偏远小镇的一株小树的叶片之下。

然后在秦岭山麓的一处乡间庭院，钩织出一位塞纳河畔咖啡馆里的优雅女性。

她的长裙。短裙。侧影。

那崎岖山路，就是巴黎的街道。那红而多籽的石榴，就是古典主义的梅花。那复式小楼上的国王，就是内心的规范。

给夜色绘一副黎明之际的画,但要隐藏它暗处的针。再录下一段夜的音频,容纳人世间所有的静,四季之静。一日六时之静。记录它暗涌的音律。

如猫之春舌。轻盈里闪耀着豹子的美。

如西周的沃野田畴,麦苗之外即是宫阙。

2016.12.18 西安

目 录

contents

卷二：2015—2016

卷三：2001—2005

卷四：2006—2009

卷五：2010—2013

卷一: 2013—2014

印尼的树

热带雨林里

河道网布

根叶纠葛

一棵长了几百年的树

站着　站着

轰然倒下

岁末灯下

北归的朋友说起

印尼海岛上的所见

我们听着

仿佛正有巨响

应声而起

6月15日夜，法门寺

圆月朗照。沐着夜晚的清风
我和法光师傅小坐

几米外的草地边，一只小动物
嗅着地面，走走停停

师傅说，那是刺猬——
随它去吧！

忘记过了多久
回头看，已不知所踪

暑中至花杨村

—— 给在野外修路的胞弟

出长安城，一路向西向北
复向东向南，曲折半日，只为看你。
今夏的日头黧黑了你
村外无遮拦的风粗糙了你
你沾满土的旧布鞋，让我想起儿时
我们也这样走在乡间
和玉米一起，一天天长高，长大。
你跑出三里地买回的葡萄极甜
午后醒来，我所想起的
还有你那里，井水侵骨的冰冷。

黄昏是美好的

黄昏是美好的
太阳从满是雾霾的城市边上沉落是美好的
下班回家是美好的
向不很熟悉的人打招呼是美好的
经过一群穿粉色T恤的中学生身旁是美好的
小店铺里美丽的少妇教女儿一起做保健操
是美好的
有序的行进是美好的
汽车低沉的鸣笛是美好的
在绿灯的保护下穿过十字路口是美好的
公交车开进站台是美好的
人满为患的车厢　送进清风是美好的
透过车窗看到另一辆车里安详的表情是美好的
孩子在老妇的怀中熟睡是美好的
修地铁的女民工走出铁皮隔离区擦脸上的污垢
是美好的
住宅区里响亮的炒菜声是美好的
一碗淡淡的玉米粥是美好的
红而多籽的石榴是美好的

小个头的苹果是美好的

撇开这一切　在夜晚的灯下

读《定西孤儿院纪事》《夹边沟纪事》《古拉

　　格：一部历史》

是美好的

为了压住晕车的恶心深深喝一杯水是美好的

抬起头来听窗外无边的宁静

感到自由是美好的

不必担心这些微末的自由被剥夺是美好的

读福楼拜书信

"写完两行，费了两天"，"一页写了五天"，
"本周四页"……"我要写一段叙事；
现在，故事对我来说成了非常乏味的事。
我必须把我的女主人公送到一个舞会上去。"
"过于投入一件工作，结果晕头转向。
刚才似乎是错的，五分钟之后看起来
又毫无问题。""我日复一日地打发着
我枯燥而简单的可怜生活，
在我的生活中，语句有如历险……"
"当我什么也表达不出时，当涂写了好几页
却发现连一个句子都未完成时，
我就瘫倒在床上，陷入一种
内心烦恼的泥淖中。我感到虚无。"
我为大师在信中坦露的抱怨
为他的脆弱和可怜，大笑不已。
直到终于笑不出来——
我想到了自己更加可怜的写作

父兄们的夏天

汗水浇透的夏天

浑浊与苦涩横流于背

这是我众多的父母兄弟所经历的

整个夏天

他们都不曾赞叹季节之美

他们只寻找过绿荫

偶尔休息时

他们掐下棵草叶

一片片扯碎

卜算自己的命运

当他们抬头

他们只寻找过风

乘车穿行于城市，想起普里什文

一个走向森林的身影

与我背道而驰

陈旧的工作装

高筒胶鞋直到膝部

花白的胡须如植物根茎

继续茂盛地生长

林中水滴吸引你

草木，鹤群，土地邀约你

沉稳地走向飞鸟不惊的地方

湖水正泛起波澜

五月的森林与阳光

和十二月积雪一样，是盛大的筵会

在你的，也在我的心里上演

在汽车站

从没有想过城乡之间会如此亲密
当我在汽车站看到，两只
白藕似的手臂，环住农村老妇的颈
一张光洁姣好的城市的脸，贴紧
黧黑粗糙的另一张脸
仿佛冬日的白莲俯就枯败的荷叶

年轻女子以优雅的笑，鼓励
羞怯的老妇人，就像母亲
从镜中探望出嫁前梳妆的女儿

仿佛失散多年的姐妹，两个
如此不同的女人热情地说着话
当我张望窗外，寒风中
两只相互取暖的麻雀，她们起身
从对面候车椅上，梦一般消失

秋之小兴

1

秋天的河水日益深邃
阳光还在汹涌
叶子却踩着钟点黄了

南去的鸟儿
一振翅,满树金黄的羽毛
扑簌簌,飞落一地

2

寒露降临的夜晚
谁也没有察觉
水井里起了雾

星星隐没
狗一声不响蜷起了身子

当鸟叫啄破清晨的清冽
唯独少了蝉——

不胜翅膀的湿重
它不辞而别
从黑暗里等待下一轮回的温暖

3

那些悄然以至清寂的日子
你可曾四顾
这一天，有过鸟儿的喧闹
才算没有白过？

那些阳光潋漫的日子
你听到了吗，淙淙水声？

如果你曾倾身
把自己交给这秋日
惑人的寂静
你会听到

4

雨后的日子一声不响
涂满阳光的叶子
结伴而行，从树顶飞落

天光随清寒
乘机而下
亮堂许多午后的安谧

5

又一场深沉的秋雨
逶迤至季节之尾
峭利的手指已经伸出
你的耳际
回荡清寒的叩门声

6

寒秋之夜
白霜犹豫着是否就这样
将自己交托给冬季

眼看银杏出落得一树金黄

鸡爪槭蜷曲起指爪

黑黢黢的后半夜，纵身一跳

清晨，晶莹的光闪耀着苏醒

看到猩红的脚印子，散落一地

年末的晴日

只有重重的霾才能换来
一日好光景？
一年中的最后几天
天气罕见的晴好
像是在孕育什么
又像末日的回光返照
让人抬头看天时
不安地沉吟

母亲带着我的儿子回家了

五十岁的母亲带着我两岁的儿子
回老家去了
空空的房里剩下三十岁的我
每次回来开门
都会想象
儿子从卧室跑来门厅　大声喊叫"爸爸"
或者手拿玩具枪冲出来
对我"叭—叭—"一阵扫射
而我会顺势倒下
或者也冲他一阵"叭—叭—"
以示还击
把他喜欢的这个游戏更激烈地玩下去

五十岁的母亲带着我两岁的儿子回老家去了
空空的房里骤然清寂
我摆弄起儿子喜欢的积木
为了听到点声响
我甚至拍了几下装电池的老虎

更多的时候我只聆听满屋的寂静
十二月的风从窗缝里进来
没心没肺地踩过我身上
和我两岁的儿子喜欢做的一样
要是我能假装或真的惨叫几声
他就更加兴奋
空荡的房里　我试着叫了几下
风仿佛听到了
回过头来拂动窗帘
打着旋儿打量我
好像我是个不折不扣的神经病

冬日游曲江池遗址

与天空的灰相应,草木枯黄了。
太阳扮作一只躺卧的猫
冬日的湖面上,几只鸭子鸣叫着
不时将头扎进水底觅食,
与微风一道,翻弄粼粼的波光。
洼地里,只一尾曲水还醒着
在不起眼的暗处欢唱,绝口不提
昔日的盛况,也不谈起湖边
冰面下的憧憬。周围群起的高楼
山一样拥来,稀疏了发辫的柳条知道
将来它们会越来越细。

礼 物

总有一些时候，比如漫长冬日
无所事事，不知所措。
那些骤然到来的事物，比如寒冷，
改变你一个上午的坐姿，逼你起身
检查每一扇窗户；更多时候，
是沉闷的宁静。你不得不喝茶，
踱步，浇灌花草，稀释一个白日的单调；
或者，从五楼的阳台远远张望，
不为看到什么——什么都不看到，
也是一种纾解。另一些时候，
你会期待电话响起，传来陌生声音的
探访与歉意。沉闷漫长的冬日，
错误的叨扰也是一种礼物。
——即便如此，你也不会去打开音乐，
让无尽的旋律驱走这难得的孤寂。

古朝峰寺

北原上的日子是静的
南望秦岭的日子是静的
山下的城市
卷裹在沉沉灰霾中
东南风
偶尔带来些城里的喧闹
大殿虚掩的门
阻挡它
也接纳了它

临近年关　下山的人出去一趟
浮土就漫过膝盖

大　雪

说起雪——
你我因久违而陌生了的交谈
融成水的透明与活络

几只麻雀落上窗栏
仿佛在听

又像是在听炉火毕剥
停留，凝神，又飞走

大雪笼罩
炭火白了炉子
雪，白上你我的额头

我敬慕这样一些人

步入晚境　无论外面的世界

多么喧嚣　他们神态安详

一双眼睛愈发沉静　深邃和清澈

与之相应　他们面目清癯

仿佛来自另一个天空　他们深谙

人生的减法　决不让浑浊　臃肿和倦怠

挟裹珍贵的时光　终其一生

他们保持清瘦　平和与洁净

当岁月的风吹起他们日渐稀疏

却细柔依旧的白发

染着铅灰闪耀于阳光下

仿佛他们一生的光辉都聚集于此

我敬慕这样一些人　愈到晚年

愈加轻盈　仿佛他们

是天使的追慕者　随时都准备飞升

种春记

农历二月　母亲独自在阳台上忙碌

为大花盆浇水　松土

撒下几颗种子　丝瓜以及其他

一丝不苟　如照看孙儿

外面还比较冷　种子在玻璃窗内

湿润泥土下酣睡　也曾醒来

动一动慵懒的身子　直到某天

顶出连它自己也惊诧不已的绿

二月阳光明媚　春的哨声不歇

绿色的芽　窈窕成细柔身体

这个早晨又给我惊喜

像我　梦寐以求的女儿

惊蛰之后

生命中不多的几次春雷

响起　狂风席卷尘沙

暴雨倾注而下

玻璃窗上鼓声密集

次日清晨

雨停　南窗

露出惑人的身体

羞怯的新妇想起昨夜失态

桃花散落一地

三月之梦

——寄老马

我们在一张桌子前坐

你雄性的长发依旧

发根处的银白依旧

笨熊一样的身体瘦小了些

我们比肩坐着　更像一对兄弟

而不是精神上的父子

我的难过清晰如初

你写进书里的孤独

在梦里更加鲜明

这些天　它不经意地浮现

如三月土地的味道冲上鼻孔

让我一阵冲动　推开你南方的门

装作只是若无其事地路过

上 火

奶奶说

小远有点上火了

叫他张开嘴巴

伸出舌头来瞧瞧

上火了没有？

小远有些不安地问

上火了

奶奶点点头

小远跑到隔壁房间

长大嘴巴

问妈妈

你看　我嘴巴里

有没有火？

你的光

像北方冬日的树
或者被犁铧翻开的深色土地
从年少起
就迷恋幽深斑驳的树林
时光从午后走向黄昏
愈发暗沉　顶着灰白伞盖的蘑菇
从脚下奇迹般长起

四月的恶时辰

一个人去世　无数人说起
仿佛他们说的不是一个老人
十九岁发表作品　模仿他人
文字蹩脚　在打字机前
一坐就是几十年　为了生活
做记者到四十岁　在《花花公子》
刊登小说　赚取名利
不惑之年发现拉丁美洲的孤独
五十七岁表露自己的爱情
我出生的前一年　从瑞典归来
别人称为魔幻的在他不过是现实
一个八十七岁的老人
久已不在书桌前呆坐
没有遗憾　没有悲伤

外　公

想起外公　　就想起他从坡上下来的样子

与若干年前黑白照片里一模一样

一身黑色粗布装束　　黑大衣披在肩上

羊毛里子卷在里面　　火车头式的黑棉帽

顶在头上　　腿脚麻利　　咳嗽声永远强烈

自制的烟卷一明一灭　　味道永远浓烈呛人

那时的他　　在坡上看砖厂　　为数不多的机器

砖窑　　水流汹涌　　可以开进汽车的引渭渠

一片丘陵状的土塬　　塬上躺着村里故去的长辈

那时他是否想过　　有一天自己也会躺在这里？

夜里他住在一排房屋的一间　　房前屋后

堆摞成墙一般的砖坯盖着草箔子　　他房里的

　　窗户

盖着草箔子　　简陋的床铺底下也铺着草箔子

不分白天黑夜　　在房间一隅他劈开木柴

熬一杯浓苦不堪的酽茶　　听着咳嗽与风

度过多少夜晚　　已无从细数

天亮　　工人们上班　　他从坡上走下来

身披大衣和晨露　仿佛凯旋的老将军

咳嗽声草籽般撒了一路

坏脾气　爱吆喝　逢事便喊　喊也白喊

小他十岁的老婆　我的外婆　不顶撞　不回话

依然按照她自己的心意当家做主安顿大事

比如将小女儿　我的母亲　嫁给

他无论如何也不情愿的穷后生

也有高兴　温和的时候　比如过年

不分里孙外孙　只要磕头　就笑盈盈

摸出一沓崭新的角子　即使我要赖多要一张

也不生气　从炕头抽屉翻出鞭炮　点上香

叫我拿出去放　转眼就会变脸　厉声骂道

"挨了刀子的! 放炮小心! 跑远点!"

蹩脚的老木匠　百般恳求才削过一只陀螺给我

奇丑无比　转起来很不灵光　羞于示人

那一年　外公用架子车拉来一副中间镶镜框的

三扇大衣柜　这些年它一直在变矮

据说是他亲手所做　此前他还给我们家的

　　瓦房

篷过木楼顶　这些旧事我不记得却不怀疑

不知何故　常年吃一种黑色丸药

除去黑色圆形外壳上的封蜡　剥开纸衣

一股苦中带甘的味道便四散开来

掰成一个个小块　干嚼着即可服下
谁也不会当做是因病服药　仿佛那和他的抽烟
喝茶　吃饭一样　只是他生活的一部分
谁也不会想到　这瘦小刚偏的老头会一病不起
六十八岁上　春天　没有任何征兆　突然病倒
心肌梗塞　强烈的药物治疗救下他的命
却让耳背多年的他　双目失明
生活难以自理　起初连儿女伺候水火都不情愿
在黑暗中度过五年　也没有学会臣服命运
脾气依然很坏　斥责儿子　心疼外孙
骂他的女婿　我的父亲　心狠　爱钱
竟忍心让十五岁的儿子去做民工
神智清醒依旧　记忆却开始模糊　走在
熟悉的村庄小路上　越来越没有方向感
夏日的浓荫里　躲进玉米地解手　喘着粗气
无力站稳　无力系好自己的腰带　无力做个
体面的人　看不见光的眼睛日益浑浊
仿佛泥鳅刚刚翻爬滚过
高四那年"五一"　想喝羊肉汤
拎一罐去给他　听见说话声　问外婆
谁来了? 说是我　黑暗中摸索半天
终于捏住我的手　捏了半天　始终没有言语
外婆那天莫名说起　你在姥爷跟前也算尽孝了

三天后的凌晨　外公在睡梦中离世
临走不忘托梦给外婆　我四点半走呀
多年的夜路他早已熟悉　黑暗再也不是障碍
疾病也拦不住他　凌晨四点半
他起身赶路　走不了几步就会看到光

一本多年前未读完的书

一本多年前的书

书签夹在某一页

像一杯隔夜的茶

多么希望书签夹　在另外某一页

如果多年前就有此胃口和觉悟

书签又该夹在哪一页

也许能够丢开　拿起另一本

还是起身

向我南望已久的大山行进

竹　子

在楼下

小远要尿尿

爸爸带他到

种着一簇竹子的

花园边

他却不肯

理由是

尿在竹子上

熊猫就不吃了

爸爸带他

朝旁边

挪了挪

他才脱下裤子

放心　起劲地朝小草

尿起来

边尿

边朝一旁的竹子看

双胞胎

院子里
两辆白色轿车
挤在一起
一辆在倒车
另一辆在退让
爸爸带小远
小心地躲闪而过
小远不停回头
告诉爸爸
这两辆车是双胞胎

榆林行

沙漠与高原分享同样的本质：
天的湛蓝，纯净，与旷远
生的艰难，顽强，与尊严

走向驼城，走向边关
走向长满棘草和毛柳的沙地
我一再认领北方的性格与血气

毛乌素抒情

当我在路上
从广袤的天地间
看到一大片云朵
驶过天空
在长满毛柳的沙地
留下深深的暗影
我感到了自己的渺小
心里有一种冲动在激荡——
我宁愿自己
是这太阳下一粒裸露的沙子
不，比一粒沙更渺小，更滚烫

靖边行

往西的路上
汽车行驶两小时
也看不见一个村庄和一个人影
只有遍地的棘草和数不清的毛柳
情欲般茂盛于六月
无边起伏的沙地
另一些路上
远远望去　村庄和农牧者
植物一样扎根大地
忠实天空

天地荒凉旷远得如此奢华——

白色的羔羊行走在大地
白色的羔羊徜徉在蓝天

看电影（一）

三岁的儿子睡了
我拧暗壁灯　与妻看一部电影
夜里十一点光景
舒缓低沉如影片中的音乐

为着看电影的欣喜
小男孩撒腿狂奔
跌倒在乡间路上
扬起的灰尘掩埋了镜头

我们不禁喊出声
赶忙又掩住嘴
熟睡中的儿子翻身坐起
又睡眼惺忪中倒下
影片中的电影正在开场
过不多久　电影里的小男孩也将睡去

看电影（二）

影片中的外国男孩

在露天电影场睡着了

电影还在继续

变换的镜头映照出他的脸

忽明忽暗

细细的口水沿嘴角欢快流淌

而我还挂念着他膝盖上的擦伤和疼

想起小时候

劳累一天的父母

带我　也许还有弟弟

也在这样的露天场地

看电影　影片演了什么

都无从忆起

只记得每到散场

黑黢黢的夜里　人声嘈杂

早已睡着的我

被叫醒　走一段难捱的路

同样幸福和折磨的经历

至今想起　不愿醒来

一生中错过的事有多少……

就像那天，看见你在电梯间

打翻一杯奶茶

夹着咖啡味的奶香四溢

也掩不住你两腮的绯红

多想电梯门打开时，拉你出去

一路疯跑，之后，在一家奶茶店坐定

冲老板叫道："来两杯

奶茶，热的，不加糖！"

灵魂的陶醉者

那个叫朗斯的人是谁？

他在一本书里偶然出现

没有注释，没有说明

和他讲的故事一样

让人费解，难以忘怀——

"有一天，我在乡村

遇到一个牧羊人

正赶着羊群往前走，

突然，天下起雨，

他必须在一棵大树下

避雨。他脸上的神情，

那种深沉的安静平和，

庄严肃穆（他那时六十岁）

让我震惊，我问他

对自己每天做的事

是否感到开心：他回答说，

在里面，他找到了

永恒的安息，每天

引领着这些简单纯洁的

生灵，是一种莫大的安慰，

一天，在他看来很短，

在他现在做的事上，

他能找到比世上所有其他

事情更大的乐趣，

即使国王也不会像他那样幸福

满足，如果天堂没有村庄

没有羊群，他是不愿离开

人世，去天堂的。"

暖气来临的夜

暖气来临的夜
流水声响彻一晚
除了水声
还有流水敲打金属河床的声音
你说你喜欢听着那声音入睡
我何尝不是?

蜂　蜜

当你离开　我从枕头上闻见

一股蜂蜜的味道

细　叶

凌晨醒来

听到房里　你细叶般熟睡的声息

与你一样

我静享这夏日雨后的宁静

微　光

从不安的梦中惊醒

我站上露台　看一丝微光

如何从天边的梦魇

挣脱而出

这是清晨　越来越多的光

将照临大地

照临你安睡的身体

翻译者，或诠释者

一面镜子看进另一面镜子里

交换了彼此的光

  —— 乔治·斯坦纳：《斯坦纳回忆录》

不是意外

昨晚我不小心

将一小杯绿茶

倾洒在你新洗的鞋子上

只为今早　从你来去的身影

闻到一阵清甜

你曾经如何使用你的青春？

"你曾经如何使用你的青春？"

1858年，福楼拜问一位朋友，并坦陈：

"我的方式是非常美好而内在的。

……我梦想过爱情，荣誉，美。

我的心胸和世界一样宽广，

我呼吸着天国所有的风。然后，

渐渐地，我磨出了老茧，失去了光泽。

我不责怪任何人，除了我自己。

我把自己托付给荒谬的情感体操。

我从反抗自己的理性，折磨

自己的心灵中获得乐趣。我抵制

赐予我的人类的陶醉。对自己发怒，

我用双手将自身之中的这个人

连根拔起，双手中充满自豪和力量。

我希望将一棵长着翠绿叶片的树

制成一根光秃秃的柱子，为了在它的

顶端放置，就像在祭坛上放置，我知道

并不神圣的火焰……这就是为什么

我在三十六岁时发现，自己如此空虚
并且有时如此疲惫。我自己的这个故事
是不是和你的有点像？"

展读这封来自另一时空的信，我的
三十六岁，正在门外不远处观望

卷二: 2015—2016

让我们喝酒到深夜

让我们喝酒到深夜
让醉意的喧嚣像肆意的洪水
涌出门外。赶走那些
无聊和扫兴的人
让寒夜的钟声叫醒年轻的生命
像年少时一样，让我们欢迎
十一月的霜风，十二月的雪
当炉膛的柴火坍塌，蓝色的
火焰颤抖着上升
猫头鹰在黎明前终于闭上双眼
让我们相拥哭泣，然后分开

涂 鸦

我们剪下了最后的玫瑰。

正值除夕，雪花静静飘落，

雪天持续了十三个昼夜。

风景变得越来越奇异，迷人，

雪不断增高，上升到了屋檐……

我们渐渐学会了辨认

乌鸦的字迹。

————萨拉·基尔施：《涂鸦》

春气在上升

风的骨节一再敲打窗玻璃

天还没亮。布帘子

飘飞，昨夜未关的门

摇响不已。前日上山折取的

几枝桃花，无声绽开。你想起邻居

整个冬天放在楼道里的

花盆，荒芜落灰。前些天

绿色的芽，突然从长长的梦中

醒来一般，拱出土。

最早的消息来自樱桃，

那天，三岁的儿子惊呼着指给你看

白色小花开满枯褐的枝头。

后来是迎春，广玉兰，一丈红……

这几日，梧桐以鹅黄的叶粉

捉弄路人。你做梦都盼楼下的

花椒叶长大，像去年，采摘几片

炒菜，烙饼，做一顿可口的饭。

春天在敲门。季节的手指

敲出准确的音符。这些日子

也敲打你。你为此骄傲——
正如之前，以同样的骄傲
欣赏一冬骨立的树枝。

乡村纪事

二月间，岳母来打电话
跟妻子说起，隔壁的男人
去世了。五十来岁
癌症晚期，从查出病情
到走，不过几个月。
女主人走得更早：七八年前
雷雨天，骑着不稳当的单车
栽进路边沟里，再没醒来。
不幸的夫妻，留下两个
出嫁的女儿，和一个未婚
打工在外的儿子。
暑期回家，我站在岳母家外面
看邻居门前的菜地
豇豆藤荒黄了大半
葡萄藤蔓越过外墙，伸进院里
紫色的葡萄蒙着一层雾
在叶片下闪亮，无人摘取。

荒败的事业

傍晚的乡村公路上

大货车呼啸驶过

急骤的风

卷起灰尘　复又平静

我在堂兄的商店里坐下

听他说起村庄的荒凉

越来越多的人去了城里

为了挣钱

为了孩子在城里念书

为了所谓好生活

曾经热闹的道班

不少店铺都关了门

三十六岁的堂兄说着

像说起一桩荒败的事业

叹息里　暮色更浓

我们头顶　低瓦数的灯泡

昏黄如豆

溜溜坡

小远生病了

躺在病床上输液

看到一只小飞虫

沿着透明的输液管

往下爬

他冲爸爸直喊

快看！

小虫子在玩溜溜坡呢

又一次，你训斥了孩子……

三十多岁，也没有学会容忍，宽谅
与三岁的孩子相处。
当他哭闹，犯错，不听话
你又一次拍桌子，吼叫，呵斥

一切都无济于事。
在另一个时刻，他仍会无理由地哭闹，
犯错，不听话……

而此刻，像雨后的夜
他终于安静，在床的另一头
盖着小被子，胸口无声地起伏
你也终于平息，俯在床边

请求和解，或原谅。
他伸出手抹着眼睛，不说话
小小的胸口起伏得更加厉害

怎么不等我

小远不愿上幼儿园
他问妈妈
你怎么不上学？
因为我已经上过了
爸爸上过了没有
爸爸也上过了
你们怎么不等我呢
他生气了

握　手

饭厅桌上

落了一只苍蝇

小远看见

苍蝇的细细的脚

在抓另一只

转身对妈妈说

快看　苍蝇

它在自己握手呢

蝴　蝶

妈妈在床边叠衣服
小远拿起两个空衣架
把挂钩的一头
勾在一起
叫妈妈：
快看，蝴蝶！

妻子带着儿子去看病

儿子咳嗽，发烧，也许如医生猜测的
肺部有炎症。为了确诊，
他建议做胸透。站在画有骷髅头的
厚厚的铁门外面，妻子犹豫良久
还是将他送了进去

夜里，说起白天的经历
和站在大铁门外等待时的想法——
哪怕孩子笨一些吧，只要健康
（儿子的聪明曾让她多么自豪）
说起这些，她的声音还有些颤抖

沙　漠

妈妈在阳台上
晾小米
小远看到了
瞪大眼睛
哇　好大一片沙漠

赫尔岑所忆恋和背叛的……

四十岁以后，留着浓密胡髭的赫尔岑忆起
俄罗斯，尤其忆恋她那绿叶的清香。
赫尔岑说，那是他走遍英国和意大利，走遍
春季和盛夏，都未找到过的。就像

普鲁斯特的奶油蛋糕，只在文字间流香，
就像我，总是在雨后想起童年，笼罩在
厚厚乌云下的田里，新鲜湿润的泥土味……
如今，它们只存在于我的鼻孔间

我们都是背叛者：赫尔岑从19世纪的欧洲
普鲁斯特从逝去的时光和记忆的床榻
我，21世纪的偷生者，从喧嚣的城市，
从夜晚怅望西北高空的窗台……

怅望曾经北地的生活

一部老纪录片

黑白影像

百年前爱斯基摩人的生活

雪花闪烁　缺乏色彩

只有猎物之血带来深红

笑容是另一种花

单纯　粗冽　在冰原绽放

更动人的

是另一种肌肤之亲

面色黧黑的女人

将同样黧黑的脖颈袒露

偶尔看得见光泽

与白茫茫的雪地同样耀眼

贴着身体　伏在背上的

是她浑身精赤的孩子

严寒逼使他们不断迁徙

从一地到另一地

只为寻找食物

（不用说　蔬菜和品类多样

都是奢望）

动物性的生存

让你失去观看的优雅

天光在怅惘中暗下来

无边的寒冷也将侵袭你

就像频繁降临的风雪之夜

让极地之狗

也发出绝望的哀鸣

早春的劳作

春天来了，我活动有些僵硬的手脚
爬到楼顶，将结上太阳能的冰剥下
接好冻裂的水管，包一层防晒的
黑色海绵。在我忙碌的当儿
几只长尾雀驻足观望良久
（这里是它们常年的阳光浴场）
仿佛好奇我在干什么。做着
手里的活，像是自言自语，我说，
如你所见，我在修理水管，
为了更好地收集阳光，热量，
温暖来自地下的清澈冰凉的水。
等我做完这一切，拣起一个旧瓶盖
盛上水，放在距离它们不远的
楼顶的敞开处，它们轻手轻脚
走过去，回头看看我，细而尖的喙
伸了下去，然后仰头
长长的黑色尾羽随之翘起
脖子上的羽毛轻轻颤动，没有

喝水的咕噜声。我看着，一阵得意，

艰难而愉快地下楼

忍不住哼出几声久已忘却的曲调

两个人

梦里他与我吵架摔碎酒瓶
坚持自己没有前途的写作
更可恨的
抱我的女人，朝我呸
现实中，我们见面寒暄
偶尔碰杯他常以微笑对我
半真半假；在写作上
他没有那么坚决，左顾右盼
让人生厌。那次
他多看了几眼我的女伴
非分之想定或有之，觉察到
我在看他，赶紧收回目光
我自信他不敢和我干架
告别时两只手握在一起，
满手湿汗暴露了他的心虚
对此，我嫌恶好久

胡萝卜泥

我坐在二楼的角落

等你

一群中学生

鼓动青春期的喉结

与街上的车流

喧响成一片

我想起她

那个名为愚子

古灵精怪的小妖

她会喜欢这面馆的

红萝卜泥么

我不仅喜欢

还想打包

带给四岁的儿子

一份

在人人居餐厅

整个晚上

你都坐在我对面

靠左边一点的地方

越过桌上的杯盏

我看到你无遮拦的笑

玻璃杯中红色的果汁

不停晃荡

终于泼洒出一些

到你白色的毛衣上

你低头擦拭

仍笑个不停

仿佛开心于一朵花

在身上的绽放

周围喧闹

我听不到你

和身边的女伴

说些什么

却感到同样的愉快

你们没有注意到

我的观看

更是让我感到轻松

直到你起身

推开那个光着膀子

前来劝酒的男人

我才看到

你是那么高挑

那么骄傲

想象一次可能的看见

坐在我们一起坐过的

小面馆的窗边

看车流如织

仿佛从岸边

看卷着泥沙的洪水滔滔

每个拥堵的傍晚

你都会坐车

路过这里

今天也一样

或许这会儿

你就在某一辆车里

车厢挤满人

我们看不见彼此

即使人不多

我们很可能也看不见

甚至想不到抬眼去看

在你经过的瞬间

我们相距不到十米

之后　几乎擦身而过
越走越远

在龙门

小时候做龙门书局出版的练习册

走几里路去看露天电影《龙门客栈》

《新龙门客栈》 听大人们含着深意

讲鲤鱼跳龙门的故事

并不知道真有一个地方叫龙门

这个下午 赶在太阳落山前

我们来到黄河边

有人指着山间缓缓流出的黄河水

说沿着狭窄的河道

和峻起的山梁 逆流而上

不到十里 就是龙门

一个可称为黄河咽喉的地方

迎着金色的阳光 我们极目远眺

仿佛真能看到龙的喉咙

这个下午 我们并没有抵达龙门

只是在下游的河边走了走

浑浊的河水流过 河面很宽

河床更宽 潮湿的风

挟着泥沙的腥味不断吹过
想起多年前和朋友在河边
说要离开生活近二十年的地方
一去不返　年轻的心总是很高
多年后的这个下午
想起过往的梦　多想和他
沿潮湿的河岸再走一走
嘲笑（间或怀着骄傲）
昔日的荒唐与自负　哪怕只在
电话里说一说也好　然而我并没有
这个下午我只是在距龙门不远的
黄河边走了走　在夕阳为山梁
勾勒出金色脊背的时候　乘车离开

从戈壁到雪山

1

茫茫戈壁

白色，灰色，黑色的羊群

在若有若无的草色间啃食

一只同样低首的牲口

抬头，才看清是

年幼的骆驼

背上的山峰已然耸立

2

新割的麦地里

麦茬留下一地金黄

田畦上的野草兀自绿着

几只黑白相间的鸟儿

伸一伸翅膀

停上草棵

3

包红头巾的女人

走在清晨的沙棘丛中

远处，黄羊

仿佛移动的石头

与戈壁融为一体

要不是红色惊动了它们

疾行而过的人

真会错过它们

4

荒原上的梭梭草

夏季里绿

秋天黄

风里摇弯身子

难招雨来洗

冬天炉灶里燃烧

噼噼啪啪　响作一片

火星子四散一片

5

又一个白天

在黄昏中落幕

西行的列车

追赶天边

最后的红与白光

直到一片低而厚的云

将它们藏在身后

直到无边的夜色

将这一切吞没

6

列车在平静中前进

傍晚，戈壁尽头

黛青色的天

苍茫又安详

大风摇撼沿路的沙枣树

剧烈摆动

7

绿洲

仿佛晨光中的奇迹

扇动耳朵的毛驴

与牛羊一起

突然出现在草地

缓缓的溪流银带一样闪动

眨眼不见

仿佛它们不曾出现

8

你可曾在夜色中

长久行进

并因此仔细打量过它？

如果有，你会知道

比夜色更深的

是夜色中的草滩，田地，树木

还有静默沉稳的山

9

阿图什
盐湖边的大地
更明亮
白土石的山更明亮
山下丰茂的草和树
翻动着的叶片更明亮
晴空之上
太阳也更明亮

10

人字形的葡萄架
一条条藤蔓
迎向天空
细而弯曲的触须
伸得更远
繁密的葡萄
簇拥着挤在枝下

11

白沙湖岸

克尔克孜族小男孩

一张脸被高山上的风

吹皱肿胀

冲远来的客人

艰难　努力地笑

12

蓝色野鸭

踱步于高山草甸

大车经过时

它朝有水的草滩深处

走了走

13

海拔五千一百米的地方

鹰是天空的贵族

身披黄金

鼹鼠是草地上的贵族

有人路过

它们钻进洞里

或翘起尾巴

扭动滚圆的屁股奔跑

也有一些伏卧于草坡上的巨石

纹丝不动

14

羊群在草场吃草

黑衣的牧人端坐山坡

一处凸起的高台

宛若雪山下

一座黑色雕像

15

金草滩

有银亮刺骨的水

金色的太阳映照其中

清澈的溪流

从塔什库尔干城脚下流过

毛驴和牛啜饮啃食

尾巴甩动

驱走虫蝇

留下金色的粪在草地上

16

高原上的湖

是梦的蓝碧色

连同一场突如其来的

夏日的雨雪

瞬间袭击了我

你可曾在一根木质电线杆下站立?

十月, 秋天的强风开始刮起时候
你可曾在一根木质的电线杆下
站立, 把耳朵贴上它的身躯?
像那个美国人说的——仿佛
它的每个细孔都充满音乐,
仿佛每根纤维都按照新的
更加和谐的法则产生感应
合着调子, 跟上节拍, 重新安排
仿佛这蔓延开的乐音发自森林。
他感叹: 这真是养护树木的妙方
——为了不使它腐朽, 让它的
每个细孔都充满音乐。一棵野生的
树, 掉光了皮站在这里, 它是
多么快乐地传送着音乐。
当我还是个孩子的时候, 我曾
站在涂满黑油的电线杆下倾听
电线传过来的琴音, 为此
惊喜, 恐惧, 继而迷恋……
那时我不知道, 一百多年前

那个爱默生眼中真正的美国人

也曾这样做过——那时，

他的内心一定比我有更多的惊喜。

卷三: 2001—2005

早春纪事

一只雏鸟展翅拨开高翔的路
耕牛脖子上铜铃摇响沉睡的季节

草木的新芽向着太阳明亮的光芒
根的家族又一次开始向大地深处朝圣

早春的时光随露水渗入土地身体
万物在深处听到这最早的回响

春天的舌头，猫一样梳理着自己
梦想已如五月的麦穗，鼓胀整个夏季

弥 补

没有路的地方, 荒草
代脚作了尝试

白天短了
黑夜变得漫长

心里盲乱
生活的秩序井然

上　坟

和父亲去上坟

坟地埋着

我久已安眠的爷爷和奶奶

父亲跪下

我也在他身后跪下

北风吹来

和坟上长满的蒿草一样

我抖索身体

感到一阵眩晕

仿佛自己正长在父亲的身上

茂盛而枯萎

拱雪的猪

万物封冻之时
一头身体滚圆的猪
专注地拱着
大地的最后一点松动
肚皮沉重的钟摆般摇晃
尾巴悠闲，拍抚
肥硕的屁股

人迹渐无
荒野愈加苍茫
它抬头看看大地
素静丰盈
自己拱出的一堆黄土
则像一个痛苦的疮疤
抖抖身子
一颠一颠回家去了

那一年的风筝

那一年我们上初三
正月还未退去
老师和同学，心里
一样难安，学校
后墙倒塌出一个豁口
像老太太掉了牙的嘴
挡不住进来的
也挡不住出去的风
我们几个不安分的
孩子，偷偷抱几条长凳
坐在野地
放起了风筝

远处村庄，树
枯老的手直指天空
还未抽绿的麦子深埋冻土
我们却欢喜着外面的新鲜

正月的寒风

父亲的巴掌一样

夹着土末扇过来

我们也不躲逃，只是

一边担心着逃课的惩罚

一边巴望风里的风筝

已不记得

那一年的风筝

飞起来了没有

飞得高，还是不高

从你的窗户往下看

在你的窗前

我只站过一次

也许一生

就只一次这样的意外

我站在你的窗前

从你的窗户往下看

我在等你

等你

从那条路上走来

我没见过你

却想着应该能认出你

我从窗户里往下看

终于看到

一个陌生的身影

忍不住　叫喊起来

你不知道

我的叫喊

我的惊喜

不知道

我正从你的窗户往下看

看到了你

那时　你正慢吞吞地走来

你不知道

梵高之死

那个炎热的中午
你走向麦地
曾在你热烈的画布上成熟过的
六月的麦子
在太阳的热烈中
再次成熟

迎着一片金黄
你走向麦地
走向大地的心脏
——大地承受成熟的收割之痛
你承受燃烧的清醒之苦

在一片疯狂的黄色中
你做最后的长行（眷恋？）
然后站定
把早已装进枪膛的黑色
死亡，对准自己
枪声刺穿了午间的宁静

乌鸦和向日葵一起被惊动

猩红的色彩从体内流出

你卑弱地倒下

用心渲染

最后一面昂贵的画幅

秋　收

夏末的哨声

由蝉和蛐蛐奏响

直到绿色的手臂覆盖

深秋的田

为这漫长的合唱

打上休止

一把锄头

放倒玉米秸秆的梦

那青或红的根部

孕育的全部秘密

如今　藏在小媳妇一样

缨子的红袄下

与友人书（之三）

朋友，这么久了

我还写着信

保持执笔的姿势

和回想的习惯

前进的日子

随信纸的展开，一退再退

退回到尽头另一个我

那时的我，动作应该是自如的

现在的自如仅仅局限在

娴熟地写上地址

（永不改变的唯一的地址）

封好信封

还有，记得在信封背面

写上一首诗

那里，我打开一扇隐晦的窗户

彼此的眼神最早相遇

最后，将信塞进邮筒

动作熟练如戴旧毡帽的老人

掸去头顶的灰尘

朋友，我的手因此而踌躇了

心也愈加柔软

我患了呓语的重病

呓语保证着我的健康

也确认着我病人的身份

我的呓语，它幸运了你

也辛苦了你

有时还害你赔上不安的眼泪

朋友，你知道我在写

知道在别人一路向前的时候

我一路后退，蜗入呓语的小屋

你知道，语言收留了时光

也收留了我的悲伤

寄 XN

那个冬夜

你轻轻在我耳边说

这儿下雪了

隔着千里　　大雪

便轻踩着你

微翕的响动

在我身后

落了

满地

在一个不会有雪来问候的

城市　我倾听

远方素裹的宁静

结了冰花的窗前

你愉快的呼吸

打动了一小块的冰

卷四: 2006—2009

行至潼关

在抵达终点之前
火车先来到了潼关
入夜已深
雪片正大
车厢里一片沉默
最后的赶路人进来
头顶落满大雪

老国王

半辈子的劳作

换来一套

两层的复式小楼

新家具散发着异样的气味

和中年以后的光泽

早晨起来

父亲在楼上

手扶栏杆打量着

高大的房子

宽大的客厅

优雅的灯饰……

像一个老国王

打量自己的疆土

那一刻　我看到父亲

他真的老了

麦　客

有一世的庄稼需要过问
老天没有留下太多时间
磨快了的镰刀挥动一片光芒
夜里，进来一个麦客

西尧村下

在一条细石小路上
磨蚀三年的光阴
终于越走越远
直到城市
此后再没有回去过

整个冬天，父亲都在后院里刨……

整个冬天，父亲都在后院里刨
入冬之前他埋下了
萝卜、白菜、大葱……
一冬的菜蔬

冰天雪地里，冻土刨开
就看见新鲜的瓜菜
和黄土柔软的本质

整个冬天，父亲都在后院里刨
锄头所到之处
晶光闪耀，冰雪融化

一步步走向院子中央

难得一个阳光充实的日子

我在午后的院墙脚坐下

不久，一绺儿阳光被分割

到了墙后。为了暖和

我不得不往前挪挪

撵着阳光，一步步

不知什么时候就到了院子中央

身后的太阳也正收敛自己的光芒

躲向山后，歇息

这一天的太阳

这一天的太阳
爬上墙头，叫醒鸡棚
爬到大地，叫醒冰冻
爬到房前，叩开门
等叫醒寒冷一冬的人出来
就爬上了树顶
和每个人的头顶

一天的路，现在他已赶了一半
剩下的一半，不再打算惊扰谁

他悄悄移向对面的墙脚
没有歇息一下
就沿墙而上
终于又爬过了墙头
爬出了院落
赶在天黑之前，爬出了地面

光与黑

像水的渗入
挤着门底最后的一丝缝
光，进来了

黑的身体
从边缘被划破
感染成一片灰

很久之后伤口仍在
它们达成了妥协
物在其中显现

与瓦尔特·本雅明

在一本传记里停留数日
不经意间,已来到了结尾
从你微胖的身体发出的呼吸
更加艰难,短促
似乎一不小心就会戛然而止

我一阵紧张
想放下书本出去走走
想着晚年的你,臃肿身体
如何翻越泥泞的山岭和失败
"那是受挫一生的身影"

我想着,宁愿多想一会儿
仿佛这样可以
放——慢——
你的离开

这样一些幸福的时刻

等待红灯闪过的一刻
你沉入回忆
沉得很深
直到穿行的身影将你提醒

你微微一笑

在水底摸索一阵之后
脸上再次浮过笑意
短短的时刻
你又幸福了一次

夜读之后

语词铺就的路，幽暗深远
一只温暖的手伸出光亮
身后，墙壁静默

撑一把伞出门
才想起
台风和雨的吹打

白 日

一室坐着，她们
谈论昨晚的劳累和梦
我在看《梦的语言》
"不是用语言描绘梦，
而是用梦的语言去组织事物"
窗外，是脚手架和楼房
拔地而起的声音
这个夏季最后的一天
雾和凉意乜斜着阴郁
过早地袭来

猫

华灯初上。当你看见一只猫
飞身逃过车轮和路人
藏迹街边停着的另一辆车下
你也看到了另一种流浪

一个仓皇的身影
晃动了路灯, 光线

挟着落叶, 久候的一趟车来
你再也无法涌进人流

午后小憩

像握着一根柔软的手指
你握着阳光
窗里进来的眷顾

一根细细的手指
牵引你心中的惊喜与神奇

生命中不止这么一个冬日
神意的温暖注满手心

在一个诗人的叙述中停留

不是诗,是叙述
一个诗人关于诗的叙述
一盏从诗的身后打亮的
灯。语言的深耕
让诗由之生长的土壤
显现。很多人一生走很多路
也有人,只走一条
独自深入幽暗的黑底
捉住笔尖,闪动的亮光

摊开深夜的一张纸

摊开深夜的一张纸
写下自己的过犯、差错、恶念、仇恨……
不是为了获得理解，同情，甚或原谅
而是为了记住，并且警醒

邻 居

—— 给 a suo

出租屋里

你独自住着

邻居是高个子的陌生女人

和一只小狗

你们彼此各行其是

并无妨碍

晾在天台的衣物证明

女人很懂得打扮

偶尔几声简单的问候

让你产生不少好感

女人的丈夫偶尔回来

孩子也偶尔过来

更多的时候

只有女人和她的小狗在

你们的相遇仅限楼道

和屋外小小的空间

只是小狗被关在屋里一天后

会猝不及防地蹿出
先是试探
之后竟抓衔起你的裤脚

你们成了朋友
每天下班开门的瞬间
都会有它
冲出来的一阵欢迎
你习惯了它的出现
习惯甚至喜欢上这出租屋

不知道她的名字和职业
不知道她喜好什么
甚至不知道……
可每晚邻居门底的一丝亮光
让你心里一阵宽慰

初春的一天
女人带着小狗
搬走了
房间一片沉寂的空
夜里　门底再没有亮光
走进自己的小屋

你忍不住细声啜泣

为最后几天

小狗没有分寸地咬痛你后

一气之下赶走了它

为这空前的孤单和黑

秋的二题

1　大火

秋天的火柴悄然擦响
在你不经意间
已点燃季节

谁说满纸落叶写满的
只是悲凉?
大地
已酿起灼人的大火

2　归还

落叶归还大地
枝头归还鸟雀
截留的风
归还高远碧蓝的天际

花儿归还果实和种子

收获归还仓廪
喜悦作为酬劳与安慰
归还给渍盐的背影

剩下的时日归还雪白的梦想
来年归还绿意的苏醒
语言背后的神秘
归还沉默，归还内心

灰色赋格

1

生病之前，你是健康的
正如禁锢之前，你是自由的

不幸，只在体验后者时
你才想念前者
不仅想念，而且深深地向往

2

一把锈迹斑斑的钥匙
与缄口多年的锁
相互叩问

隔着尘封的时光
暌违已久的相顾里
多少心事相互打开？

3

北风吹过时
草木重又站在命运的关口
以荒芜，死灭
逼人退让的燃烧
简单作结

作为一种收场，这让人
眩惑又心生敬意

4

墓地，植满大树
当春天在树下
留一地淡绿的脚印
或径直走上树梢
终结之后，新生
同样沉默着惊心动魄

玉　米

在城市的居所剥着玉米

湿翠的绿衣褪去

红缨便顺从脱落

玉米的清香四处弥散

绿衣和缨子的气味

也扑将过来

眼前　大片的玉米地

在挥动的锄下倒伏

深色的土地裸露

这个早晨

剥着母亲从乡下田里掰来的

嫩玉米　你看到她

为试探玉米的老嫩

留在青衣上的指甲印

始终清晰

勃拉姆斯的凌晨五点钟

橘红的睡梦中, 城市尚未苏醒
安静, 逃逸而出
逡巡于忙碌与疲惫的夹缝
退潮后的路面展现出自己的宽厚
偶有汽车驶过
仿佛城市于沉睡中又一次翻身
发出鼾声

此刻, 耳朵, 唯一的醒者
远不是最大的幸者

暮冬的哀悼

入夜，哀悼声此起彼伏——
最后的西北风四处冲撞
河床上响起阵阵的冰裂声
如尖利的钹，玻璃窗被敲打或震响

途经白桦林

火车经过一片白桦林

秋日的晴空做着蓝色高阔的梦

默许　甚至赞赏这向上

颀长的想望

越来越浓的秋意里

白桦的身体日渐疏朗

越发白得温和

隔着窗　我们对视

疾行的火车

留下我的想望在这块土地

米兰达

米兰达睡在果园里——

或者她没有睡着，

她的嘴唇很轻微地动着，

仿佛正在说："这里是世界上

女孩笑声最清脆的地方。"

于是她微笑，让她的身体

尽量地垂到大地上。

大地举起来，她想，

把我驮在它的背上，

像一片叶子，或是一个皇后……

　　——摘自弗吉尼亚·伍尔芙《在果园里》

卷五: 2010—2013

山乡之夜

南风起了

天　并未因此晴暖

雪从南边

逶迤而来

转眼爬上了秦岭

山北的人家起身

看看山

头顶白了一片

后半夜　灶里的柴火

听到下河的水　停止呜咽

白 茅

冰封的河床里
白茅安抚横肆的风——

不要狂乱地抓伤麦田
让大地的脸
满是黑硬的血痕
慢些吧!
在我柔软的身上
歇息片刻

窗 边

——致Frau Xu

花三个月的时光，斜望

左前方的窗外

曾经料峭的枯枝

汹涌成一片绿色婆娑的梦

你也一样。白色的风衣

换作款款长裙，或者牛仔

T恤，或者活泼的短裙

披肩的长发也盘起在了脑后

唯一不变的，是你

斜侧的身影。当我斜望窗外

我不止一次地发现

一种优雅的尺度

你 来

听说你要来

我洗过手脚，又洗

积攒已久的衣物

盼望一场雨

清洗初夏不安的脸

我想以洁净的世界

迎接你

沿着地图

我朝那水乡张望良久

那是你愿望多年的地方

愿望多年，你都不曾去过

我翻出一摞压在箱底

有趣的书

盼望你带更多的故事回去

营养开花的生命

我平静地做完这一切

而你，仍然只是用心
进行了一次出行
我知道，你步履的沉重
知道你的心已经来过
打开一本为你准备的书
我读了起来
不时抬头
和你在跟前时一样

赛琳娜①的三支歌

一次邂逅

加上之后的一次错过

生命拐进不同的弯流

再见时不免热情客气的问候

两个小时，从巴黎的街巷

到咖啡店，到塞纳河

到送你回家的路上

（你有家么？

不然，你怎么会终于哭喊？）

在你的居所，你说

你只会唱三支歌

一支唱给自己的前前男友

一支唱给你现在的猫

（你珍惜它如珍惜你的爱情）

还有一支华尔兹

---

①电影《落日之前》（Before Sunset）中的女主人公。

——这是唱给谁的呢?

你没有说。我想着想着

夜色就涌了上来

摄影师

——致赛比勒·勃格曼①

你的表情是一份邀请
我循此走来——

你镜头背后的眼睛
阅尽世事而愈加纯净
我不禁驻足打量你: 干练
柔顺的短发, 清瘦俊秀的脸
衬出女性的温情与聪慧

他们说, 你极具天分
我猜这源于你生来就有的沉静
一个让人感到天使般善意的女人

---

① 赛比勒·勃格曼 (Sibylle Bergemann, 1941—2010),
当代德国大师级摄影家, 生于柏林, 二战后居住在东柏林, 见证
德国的分裂与统一。2011年5月, 勃格曼摄影展在南京江苏美术
馆展出。

承纳身体的病痛，世间的苦

乃至自己的死……

透过定格的黑与白的光影

我努力辨识你扶握相机的手

黑暗里的针

当你夜半醒来，置身
空洞的背景
你感到一根针的疼痛

在幸福的光照所不及处
在毫无防备的黑寂里
你惊惧，疼痛，
探察意识深处的陌生

不等天亮，你在日记里
写下这疼痛
只为将它从身体里拿走

由于你的写下，我也遭遇
一次针的侵袭
你为此担忧，不安写满一脸

多想握你的手
告诉你 我早就知道

这黑暗里的针

它一直都在我们身上
我们在一起
只是为了小心地避开, 或者
牵扶着承受

以艾丽斯^①为妻

以艾丽斯为妻

看她游离的眼神

与她一起蹚进陌生的河

任她独自　渐行渐远

以艾丽斯为妻

乐于她以想象为家

也做文字忠实的情人

感受她在你身边亲近的遥远

两个人的爱与孤独

以艾丽斯为妻

---

①约翰·贝利（John Bayley, 1925—　），牛津大学文学教授，文学评论家，小说家，布克奖委员会主席。《当贝利遇到艾丽斯》（Elegy for Iris, 李永平译，新星出版社，2006）的作者。贝利的妻子艾丽斯·默多克（Iris Murdoch, 1919—1999），英国小说家，牛津大学哲学教授，1978年布克奖获得者，作品颇丰，曾被誉为"金脑袋"，晚年患病，由贝利看护，直至去世。

让虚构之火点亮生活

直到晚年　与你影形相伴

疾病是伟大的看护

护送她　也将护送你

抵达　不那么黑暗的港口

有一个地方叫马群

从新街口转地铁去仙林

看见市内地图上

有一个地方叫马群

那是怎样一个地方

真会有马儿成群地奔腾么

哪怕只有几匹也好

淹没了腰际的牧草

在风里掀起波浪

马儿低头吃草时眯起双眼

浓密的长尾潇洒地扬起

从新街口往仙林

或者相反的线路

有一个地方叫马群

地铁在那里　马儿一样

越出或者钻入地面

行人上下　每次我都隔着玻璃门窗

遥望远处的山林

希望看到四肢矫健的马儿

或者它们扬着鬃毛骄傲地奔腾而入

哪怕只有一匹也好

季节的描述

—— 致Tabitha

这是我写过的最遥远的信
我不曾想过有一天
我会写信
到地球的另一端

我无法向你描述中国
北方的冬天
无法描述草木枯萎的灰黑里
暗藏的心跳
想到你那里的郁金香
我就更是哑然

不用我刻意渲染这里的美
也不用启发你的想象
我的头顶是停滞的季节
我的心里
也流淌着那灰黑里的血液
如果你在这里待得久一点

你会理解我说的这些多一点

就像你学写汉字

写着写着

你会理解多一点

碎光录

1

走在阳光里
无数道光从身后
目送

一只麻雀倏地飞起
一道灰色的光　与你擦身而过

2

火车在这条路上来了又回

铁轨旁
白墙青瓦的房
静守多年

3

十字路口
老人推着童车
走过斑马线
车里的孩子歪斜脑袋
睡着了
穿棉衣和罩衫的胳膊
鼓鼓地竖在外面

东来的风忽扇着
听他的梦

4

清晨雨中
一只黑喜鹊回头
看尾翼　确信没有将深长的礼服
拖曳在地
才继续它树下的散步

5

梅雨之后
太阳终于出来

仿佛突然从地下冒出来的蘑菇
欢腾的孩子到处都是

花儿也是。转瞬即开

雨　天

沉沉雨天　一早
穿着深色衣袍的朋友进来
使房里多了几分昏暗
也多了几分深沉与亲密
相形之下
昨日早春的明丽显得轻佻

这深沉的朋友和我对视
默默地坐了一整天
仿佛是怕打破
这令人宽慰的暗
除了反复摩挲一面昏暗的镜子
一天中我们什么都没有做

黑夜终于前来将他送走
当我打开灯　我感到了幸福
这样暗沉的日子
还有多少稳靠的静谧
我未及抚摩

这样的日子

无所事事一整天

我也觉得充实

山中八日

1

通往山寺的路
隐没雾中
几只红嘴雀衔来
钟声

2

春雨打湿了诵经声
晚课归来
僧人的步履
不曾加快半点

3

后山上了锁
那是青竹静修的地方

闲人免进

夜半　竹叶翻动经书

翠挺的修习者们交相低语

4

布谷鸟整天地提醒

春耕

僧人们没有动静

春天忍不住了

从一棵老树上站出来

5

凌晨四点的打板声

敲开这一天的门

头顶　一弯新月裁剪的灯

正当空

6

打板声未唤醒的

由钟声和鼓声唤醒

它们都未唤醒的

交给晨课的拜忏

7

塔楼上的铃铛

经夜作响

看来　风也是彻夜未眠

8

徐缓的刷刷声中

行脚归来的师傅

持帚清扫庭院

一里之外　高速公路上

车流不断

灵谷寺之夜

夜晚先行到达。蝙蝠
巨大的翅膀，张开在梧桐树顶

上山的路更加隐曲，寂静
甚至带有几分令人惊惧的森严

穿过寺门，路灯也消失了
青黑的砖石小路回荡起脚步声

一阵风在竹子身上发出低抑的声息
我们不约而同地站定，鞠躬，退身而出

屋后的牵牛

在我扶起它们之前

那深绿的叶

绿中带紫的藤蔓

开败和新绽的花

匍匐了不知多少个日夜

从那曲卷的身形看

整个夏天，包括

雨水漫溢的可怕时刻

它们都趴卧于此

几天前，我在屋后看见

挽起它们绿色的臂

搭在阳台的铁栅上

如今，它们已缠绕着攀爬进

我的视线

不分昼夜地打量屋内

早就想和你说起它们

就像无数个黄昏

与你闲闲絮语，说起

我们的孩子

那时他正伸长脖子
伏在门口，一双狡黠的
小眼睛眨着
那时无数紫色的耳朵
也一同张开，不经意间
夏天到了深处

时　节

夏天的潮在退。清晨
睡眠中，我十个月大的儿子
新剃的小脑袋上
沁出的水珠不再细密

仿佛是与夏虫彻夜的鸣响比赛
阳台上的牵牛花
以每天十公分的速度
使劲往上窜

这是最后的对决。一个
萧索的季节正在临近
隐秘而遥远，总在后半夜
才以生风的双脚前来探试

小而浑圆的身体安然起伏
对这一切，浑然不觉

洗　礼

清晨的光亮搅扰了睡意
只剩下梦中橡皮树的叶子
如水刚刚擦洗过，泛着油绿的光

穿过树荫，阳光金色的蹄子
踏进你的额头，脸
和胸膛。渴意上升

火的斑斓里，黑色的瀑布
从你面前倾泻而下
少女迟迟未醒
迸散着光的嘴唇翕动
酝酿起一汪泉

模　糊

突如其来的大雨阻挡你回家的路
也模糊你朝向家的眺望

模糊在传染。听着纸上的鸟声
不知何时，我也站定在你的雨幕前

暮色的翅膀仿佛是怕惊扰到你我
悄悄张开，直到将我们覆盖

这是亲密的空间。在你的伞下
我浑然忘却头顶满天的星光

深　水

和你那里一样的蛐蛐声

提醒我后半夜

如弓的下弦月

以及它晕染得发白的

一小片天

整整一天，我都在寻思

远处他们的爱情

而江北，你的溪流

早已聚成深水

无数的同心圆

向外扩散，掀起波浪

直到此刻，我才感到

漫上胸口的拍打

时　差

当夕阳的手掌抚摩你的长发
和走向菜场的背影，这里已黯了下来
提早来临的夜晚让我预知
你将面对的黑。那同样面目不清的
无数的黑，不知你是怎样侧身走过

清早，当我在晨光中醒来
你还被包围在黑的最深处
愿你的睡眠和梦安稳地载你抵达
鸟儿啄开光亮的岸边，或者就让我
包裹你，将另一种黑暗倾覆你

嗜书者

凌晨四点，一本书打开腰封
晨雾的白从扉页底端缓缓抬升

摩挲或者翻阅，都是一种秘饮
直到沉重的醉意抵达眼睛

魅惑的翅膀朝相反的两边张开
一颗通体透明的樱桃

在中间呼吸，甜而鲜亮的光
引得群鸟啼鸣，啄食

昨夜有谁来过

昨夜有云来过

一张暗沉的脸张望多时

昨夜有蛐蛐来过

浅唱夹杂合奏

到后半夜都未歇息

昨夜有雨来过

细湿的脚迹还留在墙外

昨夜有风簌簌整夜

轻快的火车从远方驮来千匹的丝

万匹的绸

亮闪闪的梦一样堆满窗外

昨夜有你来过

我们的秋天

火车奔驰在铺了金的窗外

我的眼睛被点燃

千里之外的厨房

你同样张望着窗外

探出的身体倾斜在夕阳

优美的曲线上

你的手没有丝毫停歇

你和着比平常更多的面

纤弱的身体滋长出金色的力

黄昏仆倒在你的脚下

这是最后一个黑夜

你手里的面团在发光

金色越过夜晚冲向黎明

尽头是你我闪耀的秋天

剪　夜

夏至刚过

大地便亮出一把黑色的剪刀

每天剪去白天一点金色的尾巴

直到冬至

换来一场白皑皑的大雪

接下来半年的日子

一天比一天亮堂

秋（之一）

每年夏历八月
他们都要赶在圆月的银光
洒遍之前
将玉米捧回
让收获的金色
照彻整个院落
又赶在月缺前
将灰澄澄的麦粒安放在田地
就像将熟睡的儿子
放回母亲怀抱

大地饮着九月的霜露受孕
冬季般贫困的年月
来了又去
只有土地和阳光的儿子
在每个来年的六月
捧出丰饶，饱满，结实如故

秋（之二）

门外最红的柿子被斑鸠尝了鲜
鲜红的血肉在夕阳里滴落
愈来愈沉的夜
扯来一匹黑布，为它们倾盖

斩获的玉米，新种的小麦
都是这金色季节的孩子
众鸟啄过的秋天
承载又一轮的忙碌，收获和死亡

仙鹤门

—— 寄 Y

乘着阴冷的黄昏离开长安城时
我没有想到你。一夜颠簸
当我从明亮的阳光中醒来
也没有想到你。
清晨，在滁州停留片刻后
几乎眨眼的功夫，火车抵达南京
钻进地铁，捧着书
忘却身外的喧闹……
直到车厢里传出一个女人的声音
"仙鹤门"，我才恍然抬头
这名字让我激动
我想起你对"仙林"的赞美
作为女子，你有众多美德
比如从不吝啬赞美。
正是你的赞美
让我留意起这一路的站名：
新街口，大行宫，苜蓿园，下马坊，
孝陵卫……还有那好听的钟灵街
之后是马群，我曾多次期待

成群地马儿扬着鬃毛跑来

从黑洞洞的地下跃上地面

学则路，在这个乏善可陈的站名旁

有条仙隐路，某次在地下通道

看到这条路，我几乎相信

走过光线不足的通道

抵达另一端

真能看到仙人隐身的痕迹。

接下来就是仙鹤门，传说中的仙人

曾在这里养鹤，还是驾鹤远行？

我无从知晓。此后是仙林，

仙树成林，还是仙人如林？

同样不得而知。过了阳山公园站

我就要下车，地铁还要远行

至终点的经天路，那与我

只一站之隔的地方

我多少次想去，都未成行

神秘的站名和终点

只让我在山下的夜里

听着风，无数次地想啊想

秋 暮

拨开柳树细密的长发
桂花香一路飘散, 湖水深吸一口气
肺叶空前张开, 掀起微澜的心
将平静一圈圈扩散

天空不为所动, 在一片镜子里深邃
兰花大睁着眼张望这一切
人世留给她的时日已很短暂
远处的山则打起了盹

哦, 这暮色, 在合欢收起的翅膀里
就要合上

意　外

夜晚的路上多次出现事故

司机和行人浑然不觉

道路知道这一切

它早已成了遭遇不测者的砧板

没有血。温软的肉质和脆硬的壳嵌进它的身体

硌疼着它

寒露降临的夜晚

草木有些僵直的身体舒展

松动，蜗牛醒来

爬上细细的草尖，啜饮，眺望

沉醉，走向草丛深处

或者大路，迎来一场始料未及的远行

幕府山的风

跟随我们上山的
除了下午阳光捂亮的时光
还有风

更多的风从山里来
从远处的江上来
奏响满山十一月的树叶

就像拍打岩石
山顶　风的浪涛拍打我们
湿透我们的身体
在我们脸上热烈地燃烧

装了满身的冷风呵
夜里钻出袖筒
就着一盏茶让我听了整晚

水的突围

抵制着热力的吸引

将身体挤进透不过风的缝隙

细密的水　烟一样渗出

凝聚　汇合成巨大的一颗

然后放手　落入

杯底所覆的黑暗

另一颗也是如此　出逃

落地　就像当初为了自由

毫不犹豫地孤身逃离

此时不惜丧失自己

与他人融合

以便拥有更大的力量

从黑暗中漫溢而出

水的大军成功逃逸

不是慌乱的溃败　而是一场

令人猝不及防的围攻

桌上的纸张已成为俘虏

复活

——与普里什文对话

当你问：我们该在哪儿安家？
你并没有想到六十多年后的某个中国人

我们一生都在寻思：该在哪儿安家
"每年春天都要去什么地方买一所房子，

而春天正在逝去，鸟儿
已在孵雏，童话也随之渐渐消失。"

"天越美，大自然就越是坚决地向我们挑战"，
你说，"大家都在应战，各人有各人的方式。"

我不是幸福的护林员，在你的提醒下
我忽略了的春天，从城市的叶片上复活

愿我倒下，让迸裂满地
碎水银一样的阳光，洗去一身的愧意

地铁站

城郊地铁站来了一群
特殊的人
他们普遍身体发胖
走起路来有些迟钝
眼睛微眯
无论二十多岁的小伙
还是四十多岁的女人
都怀着超出常态的好奇与欢喜

领队的女老师要求他们两人一排
列成队
他们就互相挽手站好
仿佛是怕自己　也怕同伴走丢

也有不安分的　忍不住好奇
离开队伍独自走向站台
伏在玻璃挡板上
看地铁呼啸而来
领队的女老师发现了

赶紧将他拉回去
告诫他不能站在那里
有危险

他缩了一下脖子　又吐舌头
做着鬼脸　憨憨点头
大约是想以笑意表示抱歉
或者维护自己模糊的尊严
可惜他无法准确地控制自己
笑得恰到好处
他的嘴角不听使唤地夸张　扭曲
仿佛在向世人坦露
别人的话也无法准确地抵达他

四月，再登幕府山

—— 和雷默

四月再次登临。和我们一样
选择一条更为幽僻的小路上山

四月的路侧，坟冢和新绿堆叠丛生
槐花以浓郁的白色完成哀悼

四月的黑喜鹊早在枝头瞭望，倾听
午后的阳光，藏身于光影中暗暗袭来的风

当柏油马路诱惑我们下山，四月的山路
只走了一半。另一半的春天隐在更深的山中

夜访听风山

拨开繁茂丛生的枝叶
一条隐微的小径引我们抵达山顶
雨，骤然停息

夜晚恢复原初的宁静
潮湿的泥土混合草木生长的气息扑来
深绿的波涛掀动更大的起伏

五月，人迹罕至的山顶小路
成了爬墙虎的领地。躲着它们肆意的手臂
我们小心走过

不知名的鸟儿从林中惊起
深入迷蒙的夜色
一株茶花的香，引我们频频回头

与陈敢师夜游羊山并寄雷默

溪流喧哗一片
湖边的石板小路，雨渍依稀

微风惊动水鸟
纤纤羽草伏倒复又起身

小黄花的灯盏点亮夜色
夏虫藏迹于草丛，低吟浅唱

当我们从湖边走向山间
幕府山下，你正独卧江边，听浩水汤汤

六月一日访朝天宫

宫墙围起一片幽静
没有孩子。孔子行教的雕像
端立庭中

凹凸不平的石阶稳稳地盛着
雨水。几只蚂蚁绕过巨大的湖
觅食或者散步

巨大的银杏树荫蔽院落
我抱了抱那一百八十岁的身躯
仿佛拥抱了一位沉默的老者

灰黑的树体坚实如磐
一簇新生的扇形叶片意外长出
在不易察觉的风中颤动

老　街

城市边缘，是陈旧悠长的老街
和人们缓慢的生活。逼仄的街道覆盖浓荫

街边待拆的老房子，立在生活的近旁
和每日的柴米一样，破旧，真实，而又持久

从城市边缘再往北走，是山
山上的树木终年宁静，只有风弄出时节的声响

山的北边，浩浩江上一派繁忙
一半是江水，一半是行船和讨生活的人

雪后的芦苇

倾身已久的芦苇，频频点头
残雪在阳光里闪亮
荒草铺满山坡
从绿到枯，承受多少夜露
如今又承受大雪

积雪落了一背
雪水从脖颈顺流而下，直到小腹
直到脚尖。另一股沿着脊梁
奔向小腿和脚跟

僵直的身骨变得柔韧
一种被浸透的畅快从心底猝然升起
以至温柔地倒伏
抵向坡顶的腹部
开始一次情意深长的交谈

冬夜之火

——读特朗斯特罗默

壁炉里跳动着慈祥的焰

一支晚年的笔

奔向分行的词句

窗外　大雪便飞舞起来

走向黄昏的脚印

一如满天星子

在身后放射出光亮

整个世界都因之而圣洁

一首诗能为大地增重多少？

沉默的照耀归于静穆

后半夜的火

在檐头的冰上燃烧

仰望天光 (代后记)

一

二十年前的春天，我上初二。周末回家，听父母说，外公病了，就住在我们家马路对面的医院。我跑去看，躺在病床上的外公，吊瓶、氧气、心电图……各种管线插满一身。

大约一个月后，外公出院了，身体却再没有好起来，夏天时甚至一度病危。我因此得以在暑假时住在他家，帮忙照看。其实也并没做什么，都是外婆在忙，我不过每天搀扶外公去外面散散步，一边走一边告诉他我们到哪儿了，或者碰见了谁在向我们打招呼。平日无事可做，我从舅舅家为数不少的《读者》杂志上摘抄诗歌，以打发时光。外国的，中国的，抄了小半个笔记本。期间，以及此后，也在情绪的激动下写过几首，终不成样子。

转年初三毕业，我去离家三十多里外的一个镇上念高中。学校条件简陋，爱好文学的风气却很盛。最为难得的，是自然环境。学校南倚秦岭，北临渭河，坐在教室就能看到秦岭山下的村庄和农田；出校门穿过马路，就是长长的通往河边的沙石小路；路畔田间遍植着白杨和各种果木，林中草长莺飞溪流小桥……青春时期，遇上那般景致，内心的某种情愫便开始发酵，虽然最初时几乎不见痕迹。

从那时起，我旧业重操，继续抄写、进而改写起一些能看到的（大多是流行的）诗歌。一天，在宿舍大通铺里，临铺的室友塞给我一本书，说：看看吧，你们诗人！我非常惊讶，因为那时除了抄改别人的诗，我几乎没写过一首诗。瞅一眼书封，名字叫《英儿》。翻开来，里面有作者的头像，神情严肃，面目却很清秀，头上戴一顶似乎是剪下来的一截牛仔裤筒做成的帽子。没错，是顾城。

二

新世纪的第一个年头，我高中毕业。没考上大学，却有幸进入市里一所重点中学读高四。开学初的一天傍晚，晚自习铃声刚响过，历史老师，一个六十多岁的老头，急急火火冲进教室，向大家宣布：美国的双子塔被袭击了，新的世界历史格局可能会因此形成了。历史老师的话让我一阵困惑。我素来对历史、政治反应迟钝，此刻却有了历史就在我身边、我也会见证历史的不可思议之感。事后想起，自己的后知后觉、稚幼可笑令人不可思议。其实，历史一直就在我们身边，我亲身经历的就有，比如1992年以后中国社会经济的变化，比如1989……我至今清楚地记得从家里黑白电视上看到的人潮汹涌的样子。

历史老师说的事，我们已经从电视上看到了。对于塔利班，我从来都没搞明白，只知道他们破坏过巴米扬大佛。至于他们对美国双子塔的袭击，我通过电视看到的，除了飞机冲向高楼，就是无数人从楼上叶子一般飘落，还有后来坍塌的废墟，以及被废墟掩埋的更多的人……至今说来都有些莫名，那个九月，我开始密集地写诗。十个月紧张学习的间隙，写了差不多两个笔记本。这两个笔记本，从大学毕业至今，再没有打开过。它们同样一无可取。我渐渐明白，要写出一点真实的情意，并不容易。而我自己的学写诗，其实不过是在涂鸦中看到了自己与诗的距离。

当然，那时并无此自觉。仍然去紧邻学校的山上散步（幸运的是，市里的这所中学，依然依山傍水，自然环境极好），沿清姜河一路上溯，去阅览室看杂志写诗，意气风发，雄心勃勃。那一年，我从路街边书摊上买到一本落了灰尘的厚厚的《尼采选集》，又从城里的书店买到一本修订版的《朦胧诗选》。至今记得曾站在夜晚校园的路灯下读《朦胧诗选》，躲进教工厕所偷读尼采（因为那里早晚极少有人去，更为安静）的情景。多亏那两本书，陪我度过了愁闷的一年。

2002年，我高考前一个多月，在疾病和黑暗中捱过五年时光的外公去世了。家人都瞒着我，直到考试结束的那天下午，父亲才来到学校，告诉我这一切。我努力回忆并推算，外公奠的那一天（下葬的前一天），是周末。那一天，我并没有在学校里复习，而是在市里晃荡。五月初，天已经开始热了……

三

刚上大学时，有一阵，感觉自己仿佛真像个诗人了。也因此，开始梦想自己在写作上会有一番作为。事实证明，所有这些不过是幻想。最初学写作时的高产很快遇挫，甚至有一年多写不出一首诗。这让我感到痛苦、焦虑。为此，我向教授诗歌创作的老师诉苦，站在校园的湖边朗读老师送的《四个四重奏》，却未有改观。老师安慰说，写不出来也没关系，实在写不出来，就不用写了。可惜年轻时不懂得放下。二十岁时的写作梦仿佛一场热病，以为不写作，生活也就没了意义。直到高烧退去，才知道世界并不像自己之前想象的那么逼窄。写作之外，有大得多的天地。

虽然遭遇了不少失败与挫折，但是通过写作实践，还是多少摸到了点儿写作的门径。当然，这点心得想要显现于写作本身的进展，还是异常艰难。很长时间，我都为在写作上遇到的一些基本问题感到苦恼和自卑，比如想象的缺乏、感受的贫乏等等。这些匮乏，表现在诗歌上，就是情感和思维不够灵活、深入和跳脱。我曾比喻自己的写作，像飞不起来的风筝。忘了在哪里看到的，说文似水，厌直而好曲。这句话困扰了我很久。直到最近几年，我才比较坚定地认为，直接明畅是写作的道德之一。至少是值得称许的写作风格之一。它关乎个人的性格、趣味和选择。

有时我想，外面的世界如此粗糙而喧闹，我们是不是应该在写作中更多追求一点微妙和安静？虽然写作改变不了世界。

在写作与外在世界的疏离中，我也逐渐意识到，世界是如此顽固，很多时候都不会因为我们而改变半分。同样，写作也带不来任何其他东西，除了写作者自己内心图景的变化，以及自身的判断和品位的变化。从这个角度看，写作是卑微的。吊诡的是，即便如此，对于更为卑微的个体，写作也并不是一件容易的事，甚至不是一件能够勉强去做的事。

当我反思写作是什么，以及自己在写作中产生的种种隐在的虚荣与假象时，我有了一种羞耻、继而是松绑的感觉。我对自己说，如果我的写作仅仅是因为自己那点微不足道的虚荣，那么，我可以不写了。做一个伍尔夫意义上的诚实的普通读者似乎更好。正是这样的自审，让我感到这世界空前的宽广。也正是这份面对自我的真实与"放下"，让我再次不期然地与诗相遇。大学后期，我又开始写了——确切地说，是诗又来到了我的笔下。虽然此后十余年里，我一直写得很少、很慢，却不曾中断。就这样，我似乎更清楚地看到了诗的意义：写作者被诗照得通透、真实，生活被诗照得明彻、单纯。同样，通过被照明的自身和生活，我似乎也看到了些许来自诗的珍稀的光源。

四

大学时，有一次从西安坐火车去学校，在火车站旁的旧书店淘到一本黑格尔的《美学》第一卷，翻了没几页，看到一句话，大意说：绝大多数从事艺术创作的艺术家，都徘徊在艺术的及格线上下。黑格尔的话，看得我头皮一阵发麻。心里自问：我自己的写作，过得了及格线吗？在多大程度上越过了及格线？越过及格线后，能走多远？

直到今天，我也难以确切地回答这些问题。不过，倒是对另一个相关的问题有了点觉悟。那就是，虽然哈罗德·布鲁姆认为，写作是在焦虑中与前辈作家的竞争，但是回到写作本身，我则以为，它和生活一样，首先不是与他人的"攀比"、较量，而是与自身的搏斗，对自身的克服。与固化和板结的社会现实、与自己很容易就接受了的现成的生活与观念、与自己身上的惰性、与新的可能性……进行不息的搏斗，并因此而克服一切未经思考就认同了的东西。某种意义上说，写作即自我的质询。它像一把利斧，敲开生活表面厚厚的冰层，让我们看到下面鲜活的真实。当然，这很难。就像真正尊严的生活同样很难一样。

生活和精神状态好一些的时候，我会感觉诗是生活的记录。生活本身是巨大的富矿，写诗不过是从这宝山上挖掘和遴选一点钻石的颗粒。与诗相比，生活本身更具诗性。而在状态不那么好的时候，我又会觉得，诗是生活的光，是幸运之光惠临的记录，也是我们与生命之光的相遇。正因为诗的不期而遇、不期而来，生活变得不那么单调和难以忍受。就此而言，诗是生活的提纯、自我的修正、生命品质的保证——如果不是生命品质本身的话。虽然我们——至少我——并非每时每刻，都能有幸生活在诗的光照下。但是在我的想象中，一个真正的诗人，应当是那种能够时时保持自省、而不是偶尔才想起这般自省的人。所谓"不怕念起、但怕觉迟"。理想中的诗人，应当是那种"觉"走在"念"之前，至少是"觉"紧紧跟随"念"、也即"前念一起、后觉即到"的人。虽然这同样艰难，甚至听起来有些保守，乃至迂阔。

经常会听到从事写作的人说，写作者是常人、也是俗人。我理解这种反英雄主义想象的现代作家的自我定位。但是作为诗歌写作者，我仍坚持认为，我们作为俗常之人，之所以读诗、写诗，就是为了通过隐秘而幽微的书写，自我洗礼，自我纯化，实现精神世界的清明。如果不是这样，何必为诗？何必有诗？

有人说，诗到今天已经死了。在我看来，只要人心不死，诗就不会死。当然，在如今各种娱乐活动如此丰富的情形下，包括诗在内的文学确实小众化、边缘化了，以至于写作多少显得有些荒谬。不过话说回来，在今天，还有什么不荒谬呢？或许我可以借用希姆博尔斯卡的一句话来回应这种荒谬："我偏爱写诗的荒谬，胜过不写诗的荒谬。"

五

算起来，从比较密集地学写诗至今，已有十六年；从有意无意地抄录诗歌至今，竟已二十年。感谢这些有诗歌烛照的日子，让我的生命多了一份记忆、省思和尊严。虽然时间并不必然地保证品质，正如做了一辈子饭的主妇，也可能不是一个合格的厨师。就我现有的理解和自省程度，我必须承认自己的诗中还有不少问题，比如音色不够纯一，写作方式不够稳定（比较多样或说驳杂）等等。作为公共产品，这些诗的整体品质如何？只能将评判的权利交给读者。作为个体生命的产物，如果说它有什么可珍视的，或许在于它为个我生命的存在打开了一个世界。退一步说，就是它承载了个人生命的某种痕迹。

我很少去想，外公的病，他晚年生活的暗钝，和我的遭逢诗歌之间，有什么关联。更极少去问，如果外公没有生病，那个夏天我会不会从杂志上抄诗？会不会有后来的写作？这些我都无从获知。只是，当我想起自己与诗的相遇，想起那最早带给我诗的光照的日子，记忆会不自觉地将我带到那个夏天。也因此，回顾自己与诗的缘分，疾病、黑暗、生的艰难、对光的渴望……都仿佛是其中不可或缺的一部分。

最后，将这部诗集献给外婆。她照顾病中的外公多年，是他在黑暗中不多的光。此外，她也是我从小到大最温暖、最珍贵的光。

2017年1月